Coordinación editorial: M.ª Carmen Díaz-Villarejo
Diseño de colección: Gerardo Domínguez
Maquetación: Macmillan Iberia, S. A.

© Del texto: Luisa Villar Liébana, 2011
© De las ilustraciones: Emilio Urberuaga, 2011
© Macmillan Iberia, S.A., 2011
    c/ Capitán Haya, 1 - planta 14. Edificio Eurocentro
    28020 Madrid (ESPAÑA). Teléfono: (+34) 91 524 94 20

    www.macmillan-lij.es

ISBN: 978-84-7942-831-0
Impreso en China / *Printed in China*

GRUPO MACMILLAN: www.grupomacmillan.com

ESTE LIBRO PERTENECE A:

Luisa Villar Liébana

EL MISTERIO DE LA FLAUTA MÁGICA

Ilustración de Emilio Urberuaga

Cloti, la gallina detective

y el conejo Matías Plun

MACMILLAN
Infantil y Juvenil

La flauta mágica

En Villa Cornelia todo estaba preparado para el estreno de *La Flauta Mágica*, la famosa obra operística. Era la primera vez que se representaba en la Villa, y se había creado una gran expectación.

La compañía tenía múltiples compromisos y solo se había programado una función. Al día siguiente, los cantantes partirían para actuar en otro lugar; por eso, a pesar del mal tiempo anunciado, nadie quería perderse el estreno. Todo el mundo deseaba ir al teatro aquella noche.

En la taquilla, hacía días que un cartel anunciaba:

No hay localidades

La expectación era máxima. Sobre todo, para ver al gran Paparini, el famosísimo cantante de ópera.

Paparini tenía una garganta privilegiada. Era de los pocos cantantes que daban el do de pecho, incluso cuando no estaba en la partitura, nadie se lo quería perder y las damas deseaban comprobar, además, si se trataba de un galán tan apuesto como se decía.

Matías, aficionado a la ópera, había conseguido dos entradas, una para él y otra para Cloti. A ella le gustaba la música tecno, pero estaba seguro de que esta vez lo acompañaría.

La llamó por teléfono.

—Aquí la agencia de detectives –respondió Cloti.

—¡Eh! Corta, que soy Matías –dijo el ayudante.

Le explicó lo de las entradas y le preguntó si lo acompañaría al estreno.

—Es que no sé qué ponerme –dudó la superdetective.

Se citaron en el teatro bien maqueaditos como correspondía al acontecimiento musical. Y esa era la cuestión, precisamente, que Cloti no tenía la clase de ropa elegante que la gente se ponía para asistir a los grandes acontecimientos.

Cloti era una gallina muy especial, la gallina más trepidante del planeta. Parecía despistada, pero en realidad era muy observadora. Siempre lo observaba todo. Y, con su aguda inteligencia, era capaz de resolver los enigmas y misterios más escalofriantes.

Tenía una agencia de detectives y su ayudante era Matías Plun, enamorado de ella; o eso creía.

—¿Qué me dices de la habitación de los disfraces? –le sugirió el enamorado ayudante.

La agencia contaba con una habitación de disfraces que utilizaban cuando la investigación de algún caso lo requería. Cloti entró en ella y eligió un vestido largo y escotado, a pesar de la nevada que se preveía y caía ya.

Se puso una capa sobre los hombros y un collar de esmeraldas resplandeciente. No era auténtico y se notaba, mas no encontró nada mejor para el escote.

Tampoco encontró los pendientes compañeros del collar, y se puso unos suyos de oro de verdad que guardaba para las ocasiones especiales.

—¡Qué bella estás! –exclamó Matías al verla en la entrada del teatro, el lugar de la cita. Me va a dar un patatús si sigo mirando ese collar de esmeraldas.

—Déjate de pamplinas –le cortó el rollo Cloti–. Se ve a la legua que el collar es falso. Es el de la habitación de los disfraces. Esta noche no te pongas pelma, por favor. Hemos venido para ver al gran Paparini.

Matías notaba que iba a bajarle la moral de un momento a otro. Cloti era a veces muy radical y cortaba sin contemplaciones.

En fin. Así era la vida de los enamorados no correspondidos. Como la suya, siempre con el corazón hecho puré.

Entraron en el teatro entre un montón de gente, todos guapísimos y abrigados con capas, abrigos, bufandas y sombreros, y se animó al ver el ambiente.

¡Qué bonito estaba el teatro! , Espléndido, maravilloso. El vestíbulo iluminado, la gente con sus mejores galas y adornos, el ambiente era sensacional.

Matías llevaba un esmoquin nuevo y una capa, cuyos hombros se habían vuelto blancos por la nieve. Y se había perfumado de manera especial.

Dejaron las capas en el guardarropa, entraron en la sala de butacas, y comenzó la ópera.

Las luces se apagaron y una flauta empezó a flotar sobre el escenario en medio de la oscuridad. ¡Oh! ¡Qué atmósfera más misteriosa! Cuando sonaron los primeros compases musicales, en la sala se oyó un suspiro de relajación. Era una música sublime.

Y llegó el momento esperado, la aparición ¡del gran Paparini!

—¡Es realmente guapo! –exclamó Cloti.

El pelo del cantante, color caoba, era abundante y tenía un gran bigote. ¡Eh! Aquella abundante mata de pelo caoba no era suya, llevaba tupé. Bueno. De todas formas resultaba bastante atractivo. Cuando una luz iluminó la flauta, Paparini empezó a cantar y… Cloti se durmió.

Se había dormido tan plácidamente, que Matías tenía miedo de que empezara a roncar.

Llegó el gran momento. Cloti iba a perderse el do de pecho de Paparini.

—¡Eh! –le dio un codazo Matías.

Nada, que no despertaba. Al fin despertó: Paparini dio un do de pecho.

—Doooooooooooooooooooooooooooo.

Y Cloti se volvió a dormir.

—¡Bravo! ¡Bravísimo! ¡Maravilloso! –el teatro se venía abajo de tantos aplausos.

—¡Que lo repita! ¡Que lo repita! –le pedían.

Paparini no lo repitió y el telón bajó: la obra se había acabado.

Matías consultó el reloj. Habían pasado dos horas desde que entraron en la sala y la detective seguía dormida. Para una vez que iba a la ópera, se dormía como una marmota.

Los aplausos continuaban, el telón bajó y subió repetidas veces, hasta que poco a poco, la gente fue abandonando la sala.

Antes, Matías la había despertado.

—¡Eh, que esto se ha acabado, que nos vamos! ¡Despierta!

Y al fin despertó.

—¡Ah! ¡Qué sueñecito más bueno me he echado! No hay nada como venir a la ópera para echarse un sueñecito –exclamó la detective recogiendo ya las capas del guardarropa.

—No estoy de acuerdo –se enfadó Matías-. La ópera es uno de los espectáculos más bellos del mundo y te lo has perdido.

—Lo siento. Es que ha durado tan poco...

—Dos horas –puntualizó el ayudante.

A Cloti se le había antojado una función

corta. Como se había quedado dormida…

—Sopa. Te has quedado completamente sopa –le dijo Matías.

—Me alegra haber visto a Paparini –comentó ella–. Es bien guapo. Yo creía que era más viejo, y nada de eso. ¡Qué galán! Está como un queso. Oye, Matías, ¿no notas algo?

—Algo como qué –preguntó el ayudante, todavía enfadado.

Cloti no sabía qué era exactamente, pero había notado algo raro, aunque seguramente no era nada: debía de estar grogui de tanto dormir.

Matías la acompañó a su casa.

—Esto, estoy pensando que tú y yo haríamos una buena pareja –dijo despidiéndose ante la verja del jardín.

—Ya la hacemos, te lo repito siempre –replicó Cloti–: hacemos una buena pareja de detectives.

—No me refiero a eso –insistió Matías–. ¡Eres tan lista, que estoy enamorado de ti como un zangolotino!

—Hay que ver… Pero si no es cierto. ¡Si no estás enamorado!

—¿Ah, no?

—No.

—¿Y cómo llamas a esto?

—¿A qué?

—A mi corazón, que sopla como una gaita en lugar de palpitar. Eres bella como una estrella –dijo el enamorado.

—Entonces se trata de un amor imposible. Abur. Eres un pelma, Matías.

Cloti entró en la agencia dejando a su ayudante ante la verja del jardín con dos palmos de narices bajo la nieve.

La casa de Cloti y la agencia de detectives eran una misma cosa, una villa rodeada de un jardín en el que había un columpio en la parte frontal, para balancearse y relajarse cuando la situación lo requería.

Aquella situación lo requería. Cloti necesitaba relajarse: las declaraciones de amor de Matías la ponían de los nervios.

El balanceo del columpio también le ayudaba a pensar, y pensó en el Teatro de la Ópera. Al despertar del sueñecito, había notado algo. ¿Qué? No sabría definirlo.

Entró en la casa, se quitó el vestido y lo devolvió a la habitación de los disfraces, no sin antes recrearse ante el espejo.

¡Sí que estaba bonita vestida así! Matías tenía razón, quizás tendría que cambiar de estilo y llevar aquella clase de ropa con más frecuencia. Claro que, para trabajar, para ir de un sitio a otro investigando, resultaría incómoda.

Se puso el pijama. El collar falso de esmeraldas relucía en su cuello; se lo quitó y lo dejó en la habitación de los disfraces junto al vestido.

—Aaaah, bostezó.

A pesar de haberse quedado dormida en la ópera, no podía mantener los ojos abiertos del sueño que tenía. Y se sentía cansada como si hubiese trabajado todo el día sin cesar.

Estaba claro que la ópera no era lo suyo.

Cayó en el sillón y se quedó dormida, hasta que unos timbrazos largos la despertaron por la mañana.

El pollo Pérez, concejal de Cultura de Villa Cornelia, pulsaba el timbre. Si Cloti dormía, su intención era despertarla; el asunto que lo había llevado allí era de suma gravedad.

Cloti despertó. ¡Qué tarde era! A esa hora solía estar levantada todos los días, duchada y preparada para el trabajo.

La ópera a la que había asistido la noche anterior debió de resultar un auténtico plomo si aún seguía adormilada… aunque el sueño no era tan profundo como para no distinguir al concejal por la ventana.

Un nuevo timbrazo le hizo abrir el balcón y asomarse en pijama. Todo estaba blanco, cubierto por una cuarta de nieve: los tejados, las aceras, el jardín… La tormenta de nieve parecía mayor de lo esperado. Y hacía frío; el concejal llevaba un grueso abrigo y una bufanda liada al cuello.

—¡Señor concejal! ¿Qué hace aquí?

El pollo Pérez se frotó las manos de frío al decir:

—Ha ocurrido algo tremendo…, tremendo. He de hablar contigo urgentemente He venido por un asunto grave.

—Tendrá que esperar –dijo la detective con amabilidad–. Por muy grave que sea, disculpe, no puedo ponerme a trabajar con estas plumas, ni siquiera me he peinado.
Y aún no me he tomado mi zumo de trigo.

Bajó al jardín en pijama, abrió la verja e invitó a entrar al concejal.

El pollo Pérez, preocupado, se pasó la mano por la frente

—Espere aquí –le pidió.

"¡Qué remedio!", pensó el visitante. Esperaría lo que hiciese falta. Necesitaba a Cloti para que resolviera un misterio y no se marcharía sin haberle explicado el asunto.

Cloti entró en la casa, se vistió y se tomó el zumo de trigo que solía tomar para despejarse por la mañana, salió al jardín y se sentaron. Había dejado de nevar y le gustaba atender a los clientes balanceándose suavemente en el columpio.

—Verás –empezó a explicarle el concejal–. Ayer se estrenó *La Flauta Mágica* en el Teatro de la Ópera.

—Lo sé –lo interrumpió Cloti–. Mi ayudante y yo estuvimos allí.

—¡Entonces sabrás lo fantástico que resultó! La flauta en el escenario, Paparini dando el do de pecho…

Por un momento, el concejal olvidó sus preocupaciones, el asunto que lo había llevado allí, y sonrió recordando la fantástica ópera…

—¿Verdad que resultó un espectáculo maravilloso? Tanto que se hizo corto, a pesar de las dos horas que duró.

—Pues yo… –Cloti se puso colorada.

Se había dormido y casi ni había oído a Paparini.

—Es estupendo que seas aficionada al género operístico –comentó el concejal–. Bueno, en resumidas cuentas: ¿aceptas el caso?

—¿A qué se refiere? Aún no me ha explicado lo suficiente.

El pollo Pérez tosió y volvió a pasar la mano por la frente.

—Como recordarás, ayer el lleno fue total –dijo–. En el teatro no cabía ni un alfiler.

Y la gente, ya sabes cómo viste para ir a la ópera. Yo mismo llevaba traje y pajarita.

Cloti imaginó al pollo Pérez con traje y pajarita; estaría resultón, pero no era su tipo.

—Las damas iban enjoyadas, y hasta algunos caballeros. La que no llevaba un collar llevaba una pulsera. En conclusión: esta mañana mi teléfono no ha dejado de sonar recibiendo denuncias sobre desapariciones de joyas. He dejado a mi secretaria atendiendo más llamadas sobre más desapariciones: todas, de las joyas que sus dueños se pusieron para ir anoche a la ópera. ¿Qué te parece?

—¿Ha dicho que las joyas desaparecidas son las que sus dueños se pusieron anoche para ir a la ópera?

—Sí.

—Eso me recuerda algo.

Cloti se llevó la mano a una oreja y no encontró ningún pendiente. Luego a la otra y tampoco lo encontró.

—¡Los he perdido! –exclamó consternada.

—Disculpe.

Corrió a la casa y los pendientes no estaban en el cofre donde los guardaba habitualmente, ni en la habitación de los disfraces ni en ningún otro lugar; habían desaparecido.

¿Cómo había podido suceder? ¡Un recuerdo de familia tan valioso!

Regresó al columpio.

—A mí también me ha desaparecido algo: mis pendientes de oro –dijo.

—Razón de más para que aceptes investigar el misterio –la animó el concejal a aceptar el caso.

—¿Qué quiere que haga? –preguntó Cloti.

—Averigua lo sucedido y recupera las joyas. No quiero imaginar las consecuencias que todo esto pueda acarrearme. Como la gente se las había puesto para ir al teatro y yo he programado la ópera, temo que relacionen una cosa con otra y me responsabilicen, y mis electores no me voten en las próximas elecciones, que están al caer. Aunque lo más importante es recuperar lo perdido.

—Acepto el caso –aceptó Cloti–.
Empezaré formulándole una pregunta:
¿recuerda alguien cuándo le desaparecieron
las joyas? Porque yo no sé cuándo ni cómo
han desaparecido mis pendientes.

—Nadie lo recuerda –respondió el
concejal–. Ese es uno de los misterios que
tendrás que resolver tú, que eres la detective.

Desde luego. Ella era la detective.
Y *cuándo, dónde* y *cómo* desaparecieron
las joyas eran algunos de los misterios que
tendría que resolver.

Un misterio muy misterioso

La detective llamó a su ayudante:

—Vente para acá a toda pastilla.

—Como un cohete –respondió Matías.

Lo puso al corriente y le pidió una primera impresión.

—¿Cómo lo ves? Anda, dime.

—Si las joyas han desaparecido más o menos al mismo tiempo, podría tratarse de una banda de ladrones muy bien organizada –razonó Matías–. Como todo el mundo estuvo en la ópera, calcularon la hora de salida y, cuando cada cual regresó a su casa y se durmió, entraron y los desplumaron a todos.

—Esa es una de las cosas que tendremos que averiguar –dijo Cloti–.

Aunque estoy contigo en que debe de tratarse de una banda de ladrones.

¿De qué otra cosa podía tratarse?

Las joyas no desaparecían así, como por arte de magia. Detrás de aquellas desapariciones debía de encontrarse una banda de ladrones o la mano de un experto ladrón.

—Una banda de especialistas en joyas –añadió.

—¿Qué te hace pensar en especialistas? –le preguntó Matías.

—Mis pendientes. Eran de oro y han desaparecido, no así el falso collar de esmeraldas. Anoche lo dejé en la habitación de los disfraces y allí sigue. Roban las piezas auténticas, no las falsas; eso es lo que parece.

Se balanceó en el columpio:

—Este caso nos va a dar mucho trabajo. ¿Por qué no pasas el detector de metales y piedras preciosas por mi habitación? Empezaremos por comprobar si al quitarme los pendientes los he extraviado por alguna parte. Aunque no recuerdo habérmelos quitado.

Matías pasó el detector de metales y piedras preciosas por la habitación de Cloti y por toda la casa, y los pendientes no aparecieron. No obstante, se llevó la máquina: seguro que Cloti desearía utilizarla en los otros domicilios.

—Primero averiguaremos *cuándo* y *dónde* desaparecieron las joyas, después cómo –dijo la detective–. Al descubrir el modo y el lugar, encontraremos a los culpables.

Tenía la sensación de que saber el *lugar* donde habían ocurrido los hechos y el modo en que habían ocurrido, los llevaría hasta los ladrones.

Salieron en el Smart dispuestos a entrevistar a todos los dueños de las joyas desaparecidas, a ver si las respuestas a sus preguntas ofrecían algo de luz.

El primer entrevistado fue el pollo Guzmán: era un un pollo maduro y soltero, con la barriga abultada de tanto beber refrescos de malta concentrada, a quien le había desaparecido un pedrusco, un diamante

sin pulir valorado en mucho dinero, que su tatarabuelo se había encontrado en una mina abandonada.

La familia lo guardaba como una reliquia. A él se le había ocurrido ponérselo la noche del estreno para adornar el esmoquin, y había desaparecido.

—¿Cuándo se dio cuenta de que no lo tenía? –le preguntó Cloti.

—Esta mañana al despertar no lo encontré –respondió el pollo Guzmán–. Primero pensé que lo había perdido, después que me lo habían robado, ahora no sé qué pensar.

—¿No recuerda nada?

—Nada. Solo que la ópera fue fantástica. Tanto que me supo a poco.

—¿Qué quiere decir? –preguntó Matías, experto en óperas.

—Pues eso, que me supo a poco –repitió el interpelado-. ¡Resultó tan maravillosa!

—¿Encontrarán el pedrusco? –intervino la madre del pollo Guzmán, una señora mayor que estaba sentada en una mecedora–. Más vale que lo encuentren –dijo–, o este pollo hijo mío se va a enterar de lo que vale un peine.

Antes de marcharse, los detectives pidieron permiso para pasar el detector de metales y piedras preciosas y comprobar si el pedrusco se encontraba perdido en algún rincón.

Matías lo pasó por toda la casa, pero no apareció.

Toda la mañana la emplearon en las entrevistas; la última, a Petra, una madre de familia que había dejado a sus pollitos con la abuela Catalina, mientras ella y su marido, el pollo Fernández, se encontraban en la ópera.

Petra no salía mucho y no solía lucir sus joyas. En esta ocasión se trataba de *La Flauta Mágica*, cantaba Paparini y se las había puesto todas: un collar, tres anillos, dos pendientes, una pulsera, dos broches en forma de pluma, todo de oro, y todo había desaparecido.

En fin, que la habían desplumado bien desplumada, nunca mejor dicho. Si se descuida, le roban hasta la camisa. Al marido le habían robado un alfiler de corbata.

Llamaron a la puerta del domicilio y abrió la abuela:

—¿Qué se les ofrece?

Le informaron del objeto de la visita y la abuela les hizo pasar. Parecía muy afectada.

—Una ruina –se lamentó–. Como estamos en crisis económica, compramos las joyas con nuestros ahorros a modo de inversión, y han volado. Mira que le dije a mi hija Petra que no fuese a la ópera tan enjoyada; se lo dije, y que si quieres arroz, Catalina. Me hizo menos caso que el que oye llover. Así es la vida.

»A las gallinas viejas nadie les hace caso, y ya ven, no le ha quedado ni un pin en el joyero.

—Atraparemos a los ladrones –intentó consolarla Matías–, les obligaremos a devolver lo que se han llevado.

—Ja –replicó la abuela–. Es usted más ingenuo que un canuto, porque "Santa Rita, Rita, lo que se da no se quita".

—Aquí nadie ha dado nada, señora –dijo Matías–, se lo han llevado los ladrones.

—Ahí le duele –replicó de nuevo la abuela Catalina–. Tendrán que poner a trabajar el caletre; el ladrón que se ha llevado las joyas no las pensará devolver.

Cuando Petra salió rodeada de sus pollitos, nada menos que seis, Cloti le formuló la pregunta que le había formulado a todos los entrevistados:

—¿Cuándo se dio cuenta de que las joyas no estaban?

—Esta mañana lo comprobé al levantarme –respondió Petra–. La caja donde las guardo se encontraba vacía.

Sacó la caja y se la mostró.

—¿Está segura de que las guardó ahí cuando regresó anoche de la ópera? –le preguntó Cloti.

Petra no lo recordaba. Suponía que sí. ¿Dónde iba a guardarlas si no?

—No las guardó –intervino la abuela–. Cuando mi hija y su marido regresaron de la ópera, yo estaba levantada, los polluelos se despertaban y tenía que atenderlos. Me había quedado adormilada en el sofá; y, al oír que llegaban, abrí un ojo y me di cuenta de que mi hija volvía a casa más apagada que una antorcha sin aceite. Con lo brillante que se había ido, regresaba apagada porque no llevaba las joyas.

Tomó aire para decir:

—Como eran muchas y me parecía raro que las hubiese perdido todas al mismo tiempo; pensé que se las habían robado, birlado, sustraído, rapiñado. Que la habían desvalijado, vamos. Se lo dije, aunque no lo recuerda. ¡Ay, qué calores me dan! ¡Nos hemos quedado sin nuestros ahorros!

Esta vez fue Cloti quien intentó tranquilizar a la abuela, mientras Matías le preguntaba a Petra por la ópera:

—¿Qué le pareció *La Flauta Mágica*?

—¡Magnífica! –respondió la gallina–. Tanto que resultó corta. La flauta en el escenario es lo que más me gustó. Y Paparini. ¡Estaba tan requetechuliguapo y rejuvenecido con aquellos ropajes! ¡Qué *superatracativo*!

Esto, digo *atractivo*... ¡Ah, Paparini! ¡Paparini!

—Sí, mucho *Papaguini*. ¿De qué te sirve ahora tanto *Papaguini*? –refunfuñó la abuela.

—"Paparini", señora, "Paparini" –corrigió Matías–. El mejor cantante de ópera de todos los tiempos, en mi modesta opinión, y soy un experto.

Cloti y Matías acabaron la entrevista. Antes de marcharse pasaron el detector por la casa como habían hecho en todas las anteriores, y las joyas no aparecieron.

—Aquí tampoco hay nada –resumió Matías.

Decidieron hacer un alto en el camino y analizar los datos obtenidos de los entrevistados, antes de dar un nuevo paso en la investigación.

Entraron en una cafetería y se pidieron un par de refrescos de malta.

—Veamos –empezó Cloti.

Matías sacó la libreta en la que había hecho sus anotaciones, la repasó, y dijo:

—Los relatos son todos muy parecidos.

Todos asistieron a la ópera con las joyas y se dieron cuenta de la desaparición al día siguiente por la mañana: con la excepción de la abuela Catalina, que no fue al teatro, y se percató de que Petra no regresaba con ellas. Aunque podría estar equivocada.

—No lo creo –opinó Cloti–. La abuela Catalina parece muy lista y vivaracha. Si las cosas ocurrieron como dice, si Petra volvió sin las joyas, eso significaría que los ladrones las robaron antes de que llegara a su casa. Y, si le pasó a ella, le pasaría a los demás. Parece que los ladrones no robaron las joyas en los domicilios de sus dueños.

—Entonces ¿dónde y cuándo las robaron? –exclamó Matías.

—Eso me gustaría saber a mí –dijo Cloti.

—Y a mí –añadió Matías–. ¿Quizás en la calle cuando regresaban de la ópera?

—¿Asaltarían los ladrones a tanta gente en plena calle? Lo veo complicado. Habría testigos. Por otro lado, nevaba mucho y la mayoría volvió a casa en coche, no caminando por la calle. Es todo muy extraño. Aquí hay algo que no alcanzo a comprender.

—¿Qué hacemos ahora? –preguntó Matías desorientado.

—Pues…, si no robaron las joyas en el domicilio de sus dueños ni en la calle, nos queda el teatro. No estaría de más echarle un vistazo, de todas formas teníamos que hacerlo.

Se tomaron el zumo y, antes de pedirle la cuenta al camarero, un pollo vestido de negro de aspecto estrambótico se acercó a la mesa con gesto serio.

—Buenos días –saludó–. ¿Es usted Cloti?

—Sí. ¿A quién tengo el gusto…?

—Amigo, tiene usted pinta de músico –comentó Matías.

—Lo soy. Soy violinista en la compañía operística del gran Paparini –admitió el desconocido.

Era alto y delgado, de ojos azules, tenía las plumas de la cabeza alborotadas y largos y enroscados bigotes.

—¿Qué puedo hacer por usted? –le invitó a hablar la detective.

—Soy yo quien hará algo –dijo el violinista–. Le daré una información. Aunque no sé qué interés puede tener. Se trata de lo que ocurrió anoche en el Teatro de la Ópera. Los músicos que formamos la orquesta nos hospedábamos en el Hotel Lucero, como el resto de la compañía. Llegada la hora, partimos al teatro y ocurrió algo que me tiene mosca.

—¿Qué? –preguntaron Cloti y Matías a un tiempo.

—Cuando preparábamos los instrumentos dentro del teatro, antes de empezar la función, nos dimos cuenta de que no teníamos las partituras. Habíamos hecho unos arreglos musicales, el director se había quedado con ellas para darles un último repaso, y se las dejó olvidadas en su habitación.

El violinista se atusó los caracoles del bigote, y dijo:

—La situación era delicada. El público

ocupaba sus asientos y no podíamos tocar sin partituras. El director me pidió que corriera al hotel a buscarlas y, al volver con ellas,
la función había empezado y la puerta de
la sala de butacas se encontraba cerrada.

—¿No pudo entrar? –preguntó Cloti.

—No. Cuando una obra empieza
nadie puede entrar en la sala de butacas,
para no molestar al público ni distraer a los que actúan. En los teatros existe una puerta interior que da acceso al escenario y a los camerinos, y queda abierta para cualquier imprevisto. Lo raro es que también estaba cerrada.

—¿No le pidió al portero que le abriera esa puerta interior?

—Iba a hacerlo, pero lo encontré dormido. "Eh, amigo, despierte", intenté despertarlo inútilmente. ¡Qué falta de profesionalidad!

—¿Y qué pasó con las partituras?

—Me las comí con patatas. Esperé y esperé y llamé a la puerta interior convencido de que sin ellas la ópera se suspendería.

Todo fue inútil. Paparini intentó abrirla desde dentro, según nos explicó después, pero estaba estropeada. Así que no pude entregarlas a mis compañeros.

—Sin embargo, la ópera no se suspendió –apuntó Cloti.

—No. La obra está dividida en dos actos con intermedio, y no hubo descanso. Se hizo todo seguido. No me explico cómo mis colegas tocaron sin partitura. Lo que más mosca me tiene es que ellos no lo recuerdan.

—¿Por qué nos cuenta esto a nosotros, señor violinista? –le preguntó Cloti.

—Le he manifestado al concejal nuestro disgusto por lo sucedido, para que en el futuro haga revisar mejor las puertas; un pequeño detalle que podría haber arruinado el espectáculo, y me ha pedido que informara a Cloti. Usted es Cloti, ¿no?

Cloti le dio las gracias por la información, y el músico se despidió besándole la mano.

—¡Qué encanto! –exclamó la detective cuando se hubo retirado–. Es encantador.

—Sí, encantador, encantador –ronroneó

Matías–. ¡Con ese bigote tan enroscadito!

Pagaron los refrescos y salieron a la calle.

—¿Cómo ves el asunto de las partituras, Matías? –le preguntó Cloti.

—Me huele a misterio –respondió el ayudante–. El violinista no pudo entregarlas y, sin embargo, la ópera no se suspendió. No lo entiendo.

Cloti tampoco lo entendía. Lo de las partituras era otro misterio, uno más que añadir a la larga lista de los ya existentes. Un misterio muy misterioso. Algo fuera de lo usual.

—Aquí hay muchos misterios encerrados –dijo–, incluido el hecho de que el portero también se quedara dormido. Creo que va siendo hora de echar un vistazo al teatro.

Pesquisas en el teatro

El portero del teatro los esperaba impaciente. Los detectives habían llamado al concejal y este le había informado de su llegada.

—¡Adelante, pasen! –los recibió con alegría.

Era el señor Lucas, un pollo con las plumas blancas a punto de jubilarse. Usaba lentes, e iba vestido con el típico traje rojo con botones dorados de empleado del teatro.

—¡Ojalá atrapen a los ladrones! –exclamó–. Quien nos haya robado merece un castigo. Y digo bien nos porque a mí me han sustraído mi par de gemelos. Son de oro y poco me los pongo. Ayer se estrenaba *La Flauta Mágica*, me los puse, y ya ven.

—¿Cuándo se dio cuenta de que habían desaparecido? ¿Anoche o esta mañana? –le preguntó Cloti.

—Esta mañana aquí, en el teatro. Anoche me quedé dormido en el cuarto de llaves y no regresé a casa. Me ha despertado la llamada del concejal, supe que habían desaparecido las joyas, y me he dado cuenta de que me faltaban los gemelos. ¡Menudo sermón va a echarme mi mujer cuando hoy vuelva a casa!

El portero acababa de confirmar lo que el violinista les había dicho antes, que se había quedado dormido; roque. Seguro que no recordaba nada, pensó Cloti, como les había ocurrido a los demás y a ella misma.

—Nunca me duermo en el trabajo –se lamentó el señor Lucas–, siempre cumplo con mi deber. Ayer no sé qué me pudo ocurrir.

—Y no recuerda nada. ¿Verdad?

—Nada. Tengo entendido que el robo fue masivo, que casi despluman hasta el apuntador. Un poco más y las señoras regresan a sus respectivos domicilios en paños menores. A ver si atrapan pronto a los ladrones, que es justa razón engañar al engañador.

—Nos gustaría echar un vistazo a la sala de butacas.

—Ahora mismo les abro la puerta.

El señor Lucas entró en el cuarto de llaves, abrió el candado de un armario empotrado, sacó un manojo de llaves, y con una de ellas abrió la sala de butacas.

—Adelante, pasen. Yo me quedaré aquí para atender las llamadas.

Sin público y oscura, la sala presentaba un aspecto triste, e incluso algo siniestro. Cloti se sentó en una butaca, cerró los ojos y quedó pensativa.

—Ahora lo comprendo todo –dijo–. Yo me dormí, tú te dormiste, él se durmió, nosotros nos dormimos, vosotros os dormisteis y ellos se durmieron. Así es como ocurrieron los robos.

—¿De qué hablas? ¿Te quieres explicar?

Matías no comprendía las palabras de Cloti y no estaba para juegos de adivinanzas.

Él lo veía todo cada vez más oscuro.

—Digo que no fui la única que se durmió en la ópera anoche. Pensemos por un momento que todos los espectadores se quedaron dormidos. La puerta de la sala de butacas estaba cerrada, y la interior que da al escenario y a los camerinos también, estropeada al parecer. El portero dormido en el cuarto de llaves, y nadie recuerda nada. ¿No resultaba todo demasiado sospechoso?

—Sí que resulta sospechoso, pero no sé adónde quieres ir a parar –dijo Matías.

—¡Está clarísimo! Todos dormidos: el momento ideal para robar las joyas. Los ladrones se hacen con el botín, y cuando el público despierta nadie recuerda nada, y no se dan cuenta hasta el día siguiente de que les han birlado las joyas.

—Yo no me dormí –objetó Matías.

—¿Estás seguro? Eso echaría por tierra mi teoría, y es una buena teoría. ¿Cómo, si no, robar a tanta gente a la vez? Fue aquí. Hemos descubierto cuándo y dónde ocurrió: aquí, aquí, en el teatro. Mientras los espectadores creían estar viendo la ópera, en realidad, los estaban desplumando a todos.

Matías se resistía a aceptar la teoría de Cloti:

—El público salió encantado; la opinión general era que la ópera fue una maravilla.

—Solo recuerdan la flauta en el escenario y el do de pecho de Paparini –insistió Cloti–. Y a todos les resultó demasiado breve. ¿Por qué no recuerdan otra escena?: porque no hubo ninguna otra, y no saben que estaban dormidos. La cuestión es cómo los ladrones lograron dormir a tanta gente al mismo tiempo y que nadie recuerde nada.

—¡Aquí hay algo! –gritó Matías.

Debajo de una butaca había un broche aparentemente de brillantes. Lo recogió y se lo entregó a Cloti. Luego puso en marcha el detector de metales y piedras preciosas, era el momento adecuado. Quizás en la sala de butacas del Teatro de la Ópera daría resultado.

—¡Aquí hay más!

—*Bin, bin, bin, bin, bin, bin...*

Sonaba el detector. Cada vez que sonaba, se encontraba algo en alguna parte. Los objetos se adherían al imán de la máquina con suma facilidad.

Lo pasó por todas las líneas de butacas y apareció una pulsera, una cadena, y algo en los palcos. Después de un rato habían reunido algunas piezas.

—Chatarra –dijo Cloti–. No fui la única que anoche vino al teatro con un collar de bisutería: otros u otras también lo hicieron. Los expertos ladrones se llevaron las joyas auténticas y se deshicieron de la bisutería. Tan expertos que no se molestaron en sacar de mi cuello el collar.

La detective los imaginó desvalijando al público dormido, guardando en una bolsa las joyas auténticas, y deshaciéndose de las que no valían nada.

Cuando regresaran a la agencia, Matías haría la prueba del ácido sulfúrico y comprobaría que todo lo encontrado era bisutería. Aunque Cloti estaba segura de ello sin la prueba del ácido sulfúrico.

—Ahora comprendo la extraña sensación que sentí al salir del teatro –comentó–. Al entrar, todos brillaban con sus mejores joyas, las señoras con los collares en el pecho y las gargantillas en sus gargantas.Y al salir nada brillaba: las joyas ya no lucían en sus cuellos.

—Creo que ha llegado el momento de confesarte algo –anunció Matías.

Algo que le había hecho sentirse avergonzado y por eso no se lo había confesado antes: él también se había quedado dormido.

—Vi la flauta y a Paparini, y nada más. Desperté antes que tú y te desperté. Yo también me quedé dormido.

—¡Bienvenido al club! –sonrió Cloti–. Si un amante de la ópera como tú se durmió, es que todos lo hicieron. Es la prueba, además del rastro de bisutería que han dejado los ladrones, de que estoy en lo cierto, de que los robos se cometieron aquí. Comprobemos ahora si la puerta interior está realmente estropeada.

—Este rastro de bisutería ¿no te parece un atrevimiento? –exclamó Matías–. Es una pista. ¿Por qué no se cuidarían mejor los ladrones de no dejar ninguna pista?

Cloti se encogió de hombros. A ella le extrañaba tanto como a su ayudante.

Cruzaron el escenario y salieron a un pasillo lateral que llevaba a la puerta interior, supuestamente estropeada. Manipularon el cierre y comprobaron que abría y cerraba perfectamente.

Alguien la había cerrado por dentro la noche anterior durante la ópera para que nadie entrara mientras se cometía el robo masivo. El violinista llamó para entregar la partitura, pero no abrieron porque ya habían empezado a desvalijar al personal.

Las cosas cuadraban.

—¿No fue Paparini quien dijo que estaba estropeada? –apuntó Cloti.

—¿No sospecharás de Paparini? –se asustó Matías.

Cloti era capaz de todo, incluso de sospechar del gran Paparini.

—Solo él y su compañía se encontraban dentro del lugar de los hechos cuando estos ocurrieron. Todo apunta hacia ellos como los autores de los robos.

—Me opongo –dijo Matías–. Es una barbaridad. Por Paganini pongo la mano en el fuego, sería capaz hasta de jugarme las barbas.

—Déjate de gaitas. ¡Si tú no tienes barbas, Matías!

Ni en el pasillo ni en los camerinos de los artistas encontraron joyas falsas abandonadas; todo había ocurrido en la sala de butacas.

Lo que sí encontraron fue a dos pollos grandullones, de espaldas cuadradas y aspecto bruto, vestidos con mono de trabajo, cargando los baúles del vestuario de la ópera. Los baúles debían de pesar muchísimo, ya que sudaban como auténticos pollos.

Los cargaban en un camión por la puerta de atrás del teatro.

—¿Adónde llevan el equipaje? –les preguntó Cloti.

—Al Hotel Lucero, donde la compañía del gran Paparini nos espera para salir en caravana rumbo al lugar donde actuarán próximamente –respondió el conductor.

—Tengo entendido que las carreteras están cortadas por la nieve –comentó Cloti.

—Ya no –respondió el conductor–. Acaban de pasar las máquinas quitanieves.

—Bien –dijo Cloti–. Antes de que se marchen haremos una inspección.

Matías puso en marcha el detector y lo pasó minuciosamente por los baúles y el camión. Ningún sonido les alertó de nada. Las joyas robadas no estaban allí.

—¿Dónde ha dicho que se dirigen para reunirse con los demás y salir en caravana? –le preguntó Cloti a Matías cuando el camión se alejó.

—Al Hotel Lucero –respondió el ayudante–. ¡No seguirás pensando que Paparini…!

—¡Vamos! –exclamó la detective–. Tu admirado Paparini va a recibir una visita inesperada: la nuestra. Tengo la intención de mantener con él una interesante charlita que no olvidará. Y, de paso, recuperaremos las joyas antes de que salgan de Villa Cornelia.

Regresaron al vestíbulo del teatro para salir por la calle donde habían aparcado el Smart, y poner rumbo al Hotel Lucero, pero algo inesperado los retuvo.

Un mensajero entraba en el teatro en aquel momento.

—¿El señor Lucas? –preguntó.

—Soy yo –salió éste a su encuentro.

El mensajero le entregó un sobre y se marchó en una moto como había llegado.

—¡Una carta! ¡Qué raro! Nunca recibo cartas –comentó el interesado.

Como era mayor, las manos le temblaron y, al sacar el papel que había dentro del sobre, cayó al suelo.

—¿Le importa recogerlo, joven? –le pidió a Matías–. Ya soy muy mayor y padezco reúma.

Matías recogió el papel y no pudo evitar leer las dos palabras que aparecían escritas en él. "Cati busca", leyó para sí.

Extraño mensaje.

—"Cati busca" –dijo en voz alta al tiempo que entregaba el papel a su dueño.

Al oír aquellas palabras, el portero del teatro, como si le hubiesen dado a un resorte, se puso tieso, estiró los brazos al frente, y salió a la calle con los ojos cerrados caminando como un autómata.

—¡Señor Lucas! ¿Qué pasa? –gritó Matías.

—¡Ehhh! ¿Qué está pasando aquí? –exclamó Cloti.

—¡Caramba con el viejecito! Va a toda pastilla, y eso que tenía reúma –corría Matías tras él.

—No importa cómo va, sino adónde se dirige –puntualizó Cloti corriendo detrás de Matías–. ¡Cuidado! ¡Va a cruzar la calle con el semáforo en rojo! ¡Con los ojos cerrados acabará hecho papilla de bebé!

¡Catacrás! ¡Crac!

Varios vehículos chocaron para evitar el atropello del viejecito. Los cláxones sonaron y los conductores protestaron en medio de la calzada.

—¿Qué hace? ¿Adónde cree que va? –protestaban unos y otros.

El viejecito debía de caminar por algún lado; aunque cuando Cloti y Matías lograron cruzar la calle, había desaparecido.

—Aquí suceden cosas muy extrañas –comentó la detective.

Se subieron en el Smart y pusieron rumbo al Hotel Lucero antes de que Paparini y los suyos se largaran con el botín. Una vez allí, Matías conectó el detector de metales.

—De aquí no se va nadie sin pasar por el detector –anunció Cloti.

Todos se preparaban para partir con sus equipajes en la mano y, al oír las palabras de la detective, los ánimos se encresparon.

—¿Que no podemos salir del hotel? ¿Que van a pasarnos por un detector de metales?

Matías recorrió con el detector de metales las habitaciones que los cantantes habían ocupado, lo pasó por los equipajes, los trajes, los zapatos, los sombreros…

—¡Esto es inaudito! ¡Inaudito! –exclamaban algunos.

Paparini no dejaba de protestar, paseando a un lado y a otro del vestíbulo del hotel:

—¡Es humillante! ¡Humillante! En ningún lugar del mundo me han tratado de esta manera. Yo soy un cantante respetado en todo el globo, en ningún rincón del orbe me habían tratado así.

—Ha habido un robo masivo de joyas y hemos de comprobar algo –se justificaba Cloti.

—¿Me está acusando de ladrón, señorita? –exclamó Paparini pasándose la mano por el tupé–. Ha de saber que soy el gran Paparini.

La secretaria del cantante, una gallina muy mona con las plumas rizadas, se acercó a él:

—Señor Paparini…

—Cállate, Mari Pili –la cortó el cantante de ópera.

Y siguió protestando mientras Matías pasaba el detector:

—No me va a quedar más remedio que poner una denuncia. Jamás me habían tratado así.

La secretaria se acercó de nuevo:

—Señor Paparini…

—Cállate, Mari Pili –la cortó de nuevo Paparini.

¡Uf! ¡Qué enfado tenía el cantante!

—Solo quería decirle que ha recibido la llamada de trabajo que esperaba –le informó la secretaria–. Todo está bien.

Debían de ser buenas noticias, pensó Cloti, porque Paparini parecía más tranquilo y relajado. Seguía enfadado sin dejar de atusarse el tupé, pero gritaba y protestaba menos, lo que era un alivio.

Después de pasar el detector por todas partes, ni rastro de las joyas, excepto la que alguna dama de la compañía operística tenía de su propiedad.

—¡Qué plancha! –exclamó Matías.

—Disculpe, señor Paparini. Ha sido

un error. Disculpe. No volverá a suceder –se disculpó Cloti desconcertada.

—Seguro que no sucederá –dijo Paparini–, en esta Villa no me volverán a ver el tupé en lo que queda de siglo. Vamos, Mari Pili.

—¿En qué ha fallado mi teoría? Era una buena teoría –se lamentó Cloti desolada.

No se explicaba lo sucedido. Ahora estaban peor que al principio. Las joyas no habían aparecido y no sabían dónde buscar, ni siquiera tenían una nueva teoría en la que basarse. ¿Qué explicación le darían al pollo Pérez, el concejal de Cultura?

Todo aquello era como un extraño jeroglífico.

"Cati busca"

El concejal de Cultura estaba muy afectado por lo ocurrido y no era para menos. Se llevó las manos a la cabeza:

—¡Ay! ¡Qué disgusto! Estamos peor que antes.

Había recibido una llamada de protesta de Paparini por el trato recibido por Cloti y su ayudante, haciendo pasar a los miembros de su compañía por el detector, y amenazaba con poner una demanda en los tribunales.

—¿Qué hacemos ahora? Paparini está dispuesto a ponerme una demanda. Paparini, el gran ídolo operístico, va a demandarme, y las joyas no aparecen.

Cuando mis electores se enteren, ahora sí que dejarán de votarme.

—Pues siento mucho comunicarle que ha ocurrido algo más –le informó Cloti–. El portero del teatro ha desaparecido y no ha vuelto a aparecer.

—¡Oh! ¡Esto es la debacle! ¡La debacle! –exclamó el concejal–. Si las cosas siguen así, no me va a votar ni mi santa madre. Será el fin de mi carrera política.

Los detectives dejaron al concejal en su despacho y regresaron a la agencia fastidiados también por lo sucedido. Era la primera vez que una investigación les salía tan rematadamente mal.

Cloti se preguntaba qué había fallado en su teoría.

Todo apuntaba a la sospecha de Paparini y su compañía como autores de los robos. Claro que, sin pruebas, quizás se había precipitado con el detector.

Decidieron comer algo. Era media tarde y desde el desayuno no habían probado bocado.

Pasaron a la cocina y se prepararon un bocadillo de trigo germinado con crema de cacahuetes, que les supo riquísimo.

De algo estaban seguros: los robos se habían cometido en el teatro mientras el público dormía, y Paparini y su compañía operística seguían siendo los sospechosos. Eran los únicos, además del público, que se encontraban en el lugar de los hechos en el momento del robo.

Un punto importante era cómo habían logrado dormir a tanta gente al mismo tiempo y que nadie recordara nada de lo sucedido. ¿Habrían utilizado alguna sustancia?

Tras el bocadillo decidieron indagar sobre este punto, que a Cloti le parecía más importante a cada momento que pasaba. Se presentaron en una farmacia y repreguntaron al farmacéutico.

¿Existía una sustancia capaz de producir un sueño colectivo?

—No existe ninguna sustancia capaz de producir un sueño colectivo –opinó el farmacéutico, un pollo joven con gafas, vestido con el batín blanco de las farmacias–. Hay sustancias que ayudan a dormir cuando se padece insomnio. Vienen en gotas o pastillitas, y para quedarse dormidos todos a un tiempo tendrían que tomarlas a la vez. Pero no perderían la memoria, lo recordarían al despertar.

—¡Pues estamos buenos! –exclamó Cloti de regreso a la agencia–. Me sentaré en el columpio y le daré vueltas a la cabeza.

Aunque estaba a punto de volver a nevar, se sentaría en el columpio y le daría vueltas y vueltas a la cocorota, a ver si se le ocurría algo. Qué otra cosa podía hacer.

Matías, por su parte, entró en la casa y se puso el DVD de una película que siempre lo relajaba, dejando su mente libre para empezar a llenarla de nuevas ideas: *La serpiente del desierto Marara.*

—¿Qué película te vas a ver?

—*La serpiente del desierto Marara.* ¿Me acompañas?

—No estoy para películas –respondió Cloti.

De pronto, al columpio llegó la musiquilla del DVD. "Ehhh. Esa música…".

Cloti corrió adentro y miró la pantalla. La escena era de lo más interesante. En el desierto Marara una serpiente se disponía a atacar a un flautista. El flautista tocó la flauta y la serpiente empezaba a quedarse dormida.

No solo la serpiente: Matías roncaba en el sofá.

—¡Matías! ¡Matías!

—Aaaaah –bostezó el ayudante–. ¡Qué sueñecito!

—¡Ya sé cómo los ladrones durmieron a los espectadores!: ¡hipnosis!

Matías puso cara de no enterarse de nada.

—¡La flauta hipnotiza a la serpiente! Y, por lo visto, también a ti, que estás medio hipnotizado, Matías. ¿Vale? La flauta de la ópera nos hipnotizó a todos. ¿Recuerdas cuando apareció y empezamos a oír la música?

Matías debía de estar bastante hipnotizado, porque no se enteraba de nada.

Cloti entró en la biblioteca de la agencia y consultó un libro sobre hipnosis.

Leyó:

La hipnosis es un estado del cuerpo y de la mente… mantener la mirada fija en un punto altera el sistema nervioso hasta llegar a paralizarlo y a producir el fenómeno del sueño.
Aunque el punto en el que se fija la mirada sea la típica flauta, llamada "encantadora de serpientes", se necesita la acción de un experto hipnotizador.

Más adelante siguió leyendo:

La mente se altera de tal modo, que los hipnotizados pierden su capacidad de razonar mientras dura la hipnosis, y cumplen a rajatabla las órdenes que les da el hipnotizador.

—¡Oh, Matías! ¡Eres mi héroe! ¡Qué superhéroe! Muá, muá –Cloti le dio un par de besos.

—¿Ah, sí? –exclamó el ayudante llevándose las manos a la mejilla–. Ya sabía yo que tarde o temprano te enamorarías de mí. ¿Cuándo será la boda?

—¿De qué hablas? ¿Estás majara? La película de la serpiente te ha reblandecido el cerebro, creo yo.

Acababan de descubrir cómo los ladrones habían dormido al público en el teatro; hipnotizándolos a todos.

Ocurrió cuando la flauta mágica salió al escenario. Estaba oscuro; lo único iluminado era la flauta, los espectadores clavaron sus miradas en ella y, con la música… así debió de suceder.

Y como los hipnotizados cumplen las órdenes que reciben, los ladrones les ordenarían a todos despertar al mismo tiempo con la idea de haber visto una ópera estupenda, no darse cuenta de que le faltaban las joyas hasta el día siguiente, y no recordar nada de lo sucedido.

Sabían cómo habían sucedido las cosas; ahora faltaba probarlo.

—Si detrás de toda hipnosis se encuentra la mano de un hipnotizador –dijo Cloti–, el nuestro debió de ser muy bueno, capaz de hipnotizar a tanta gente al mismo tiempo. Busca a los mejores hipnotizadores de todas las villas del país, Matías. Tú eres experto en esa clase de búsquedas.

—A la orden, jefa. Quiero decir que ahora mismo voy –respondió el ayudante.

Y se puso manos a la obra en el ordenador. Al cabo del rato tenían tres posibles candidatos.

El primero era el mago Manchuri, un gallo que hacía trucos de magia y los mezclaba con ejercicios de hipnosis muy sencillos, por lo que lo desestimaron momentáneamente.

El segundo era una gallina a la que llamaban *La maga Daga,* que también descartaron. Su especialidad era un juego que consistía en tirar dagas y acertar en la diana con los ojos cerrados, supuestamente dormida.

El tercero era un hipnotizador en toda regla, todo un señor pollo que se hacía llamar *El gran Magistralis.*

Matías buscó datos sobre él y la opción quedaba clara. Su especialidad era la hipnosis. Había sido muy conocido en sus tiempos, y en una ocasión había dormido a todos los asistentes a una conferencia.

Las características respondían a las que ellos buscaban. Solo había un pequeño inconveniente: Magistralis había muerto hacía unos años y, salvo que hubiese regresado del otro mundo…

—Tiene que ser él –Cloti deseaba haberlo encontrado.

—¿Un fiambre, culpable del robo de las joyas? ¡Aaaay! ¡Mama mía! ¡Qué miedo me da! –exclamó Matías.

De nuevo se encontraban en punto muerto, nunca mejor dicho.

—Te acercaré a casa –le ofreció Cloti a su ayudante.

Era media tarde, empezaba a nevar y estaban cansados. Cloti acercaría a Matías a su casa en el Smart y regresaría a la agencia. Al día siguiente continuarían con el caso.

Salieron a la calle y cruzaron a la acera de en frente, donde el Smart se encontraba aparcado; una antigua canción infantil llamó entonces su atención.

—Espera, Matías –le pidió la detective–. Conozco esa canción: yo la cantaba cuando era pequeña y me gusta oírla.

Se acercó a la ventana de donde procedía y observó el interior. La luz de la habitación se encontraba encendida y unos pollitos sentados en la alfombra cantaban al calor de la calefacción.

En el exterior caía la nieve; allí en la habitación, los pollitos no notaban el frío; jugaban y cantaban, y parecían felices.

¿Dónde estás, Katiuska?
¿Dónde estás perdida?
Te busqué en la selva,
te busqué en el mar.
Katiuska, querida,
¿dónde estás?

—¡Qué bonita canción! ¡Y qué bien cantan los polluelos! –exclamó Cloti–. ¿No te recuerda algo, Matías?

—A mí no. Yo no la cantaba cuando era pequeño.

—No me refiero a eso –replicó Cloti.

Sacó un papel del bolso y escribió el nombre que aparecía en la canción: *Katiuska*. Al lado escribió dos palabras que se asemejaban en el sonido:

Kati-uska / Cati-busca

—¡El mensaje que recibió el portero del teatro! –exclamó Matías percatándose de la semejanza de los sonidos.

Las palabras eran distintas, mas el sonido se parecía. Cati-busca. Cati-busca. Cati-busca… *Katiuska. Katiuska.* Katiuska… ¿Significaría algo o se trataba de una simple coincidencia?

Los detectives no creían en coincidencias, seguro que significaba algo.

—Ahora que lo recuerdo. *Katiuska* me suena –comentó Matías.

—Ya te dije que era una canción infantil.

—No me refiero a eso. Entre los datos que encontré sobre Magistralis aparece el nombre de *Katiuska*.

Matías sacó su libreta de notas y lo comprobó.

—Magistralis actuaba en un café llamado Katiuska, un café teatro donde solía dar sus espectáculos. Lo tengo anotado; aquí está. ¿Cómo no me he dado cuenta antes de la similitud de los sonidos?

—¿Dónde se encuentra ese café?

—En Villa Magnolia. El mago viajaba, pero trabajaba establemente en Villa Magnolia, en un café de su propiedad llamado Katiuska, donde también vivía. En la calle de la Luna, número 4.

—¡Muá! ¡Muá! –Cloti le dio un par de besazos en la mejilla–. Eres el mejor ayudante de detectives jamás visto.

A Matías le dio un subidón.

Pusieron rumbo al objetivo, el descanso quedaría para después. Lo urgente era encontrar al gran Magistralis. Solo que estaba muerto. ¿No?

Llegaron a Villa Magnolia al anochecer. No nevaba, aunque todo estaba blanco por la tormenta de nieve que había caído, y corría un aire que congelaba los bigotes.

Las calles y plazas que recorrieron en el Smart se encontraban solitarias y oscuras. Mejor así, aunque tanta oscuridad y soledad daba un poco de yuyu.

—Está todo demasiado solitario. ¿No podríamos volver mañana? –exclamó Matías.

—Vamos, que no se diga –lo animó Cloti–. Actuaremos con el factor sorpresa, nadie nos espera y nadie nos verá llegar.

Se bajaron del Smart en la calle de la Luna y decidieron echar un vistazo al café. El Katiuska parecía abandonado, nada extraño dado que su dueño había muerto.

—El cristal de la ventana está roto, entremos por ahí –propuso Cloti.

Alumbró con la linterna y saltaron al interior. La lucecilla les dejó ver un salón

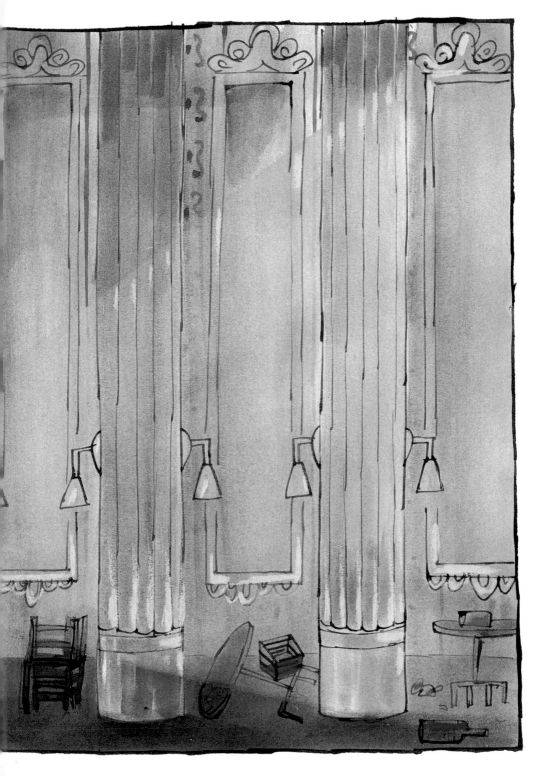

con columnas, espejos y farolillos dorados, abandonado y revuelto, lleno de polvo.

—¡Ay, qué yuyu, qué yuyu! –exclamó Matías en la oscuridad.

—No seas cagueta –le riñó Cloti.

—¡Aaaay! –gritó Matías–. ¡Que lo he visto! ¡Que lo he visto! ¡Juro que lo he visto! No me atrevo ni a abrir los ojos.

—¿Qué has visto, se puede saber? –Cloti se enfadó–. ¡Si eres tú mismo reflejado en el espejo!

—¡Ay, mi madre! –exclamó Matías contemplando su sombra en el espejo–. Creía que era el espectro de Magistralis. Esto no me gusta nada, Cloti. Estoy más asustado que una piraña en un bidé.

Una escalera llevaba al sótano. Bajaron y, al proyectar la linterna, ante sus ojos apareció la figura de un pollo sentado, atado a la espalda de una silla. Tenía las plumas color caoba y un gran bigotazo. ¡El bigote de Paparini!

—¡Recórcholis! No puedo creerlo.

¡El gran Paparini! –exclamó Cloti–.
¡Señor Paparini! ¿Qué hace aquí?

—¿A usted qué le parece, señorita?
¿No creerá que estoy aquí por gusto.
Líbreme de esta horrible silla, quien quiera
que sea, llevo así más de una semana.

—Entonces…, usted no es el culpable
del robo de las joyas en Villa Cornelia.

—¿De qué demonios habla? ¿Está
beoda, señorita? Yo jamás he puesto los pies
en "Villa Cornelia".

—¿Ah, no?… ¡Recórcholis! –exclamó
Matías.

Un ruido les hizo girar la cabeza.
Había una cortina…

—¡Socorro! ¡Estoy aquí! –gritó alguien
desde el otro lado.

La sorpresa fue mayúscula al
contemplar al señor Lucas como un ovillo
en el suelo. Cuando los liberaron a los dos,
el cantante de ópera dijo:

—Ellos estarán en el piso de arriba.

—¿Ellos? ¿Quiénes?

—Los ladrones que robaron las joyas, los que nos han traído aquí –añadió el portero del teatro.

Cloti decidió que ella y Matías se enfrentarían a los malos. El señor Lucas era demasiado mayor, y Paparini también lo parecía.

Una segunda escalera conectaba el café con la vivienda de Magistralis en la planta de arriba. Cloti la subió y avanzó por una antesala donde un arco enlazaba con un largo pasillo. Todo estaba oscuro; al fondo, una ráfaga de luz salía de una habitación.

Matías la siguió.

—¡Aaaay! –gritó chocando con ella asustado.

—¡Ehhh, soy yo. Chist, silencio! –pidió la detective.

—¿Qué ha sido eso? –se oyó una voz procedente de la habitación con luz.

—Es Paparini –dijo Cloti reconociendo la voz. No la voz del Paparini de verdad al que habían encontrado atado en el sótano, sino la del otro, la voz del que se había hecho pasar por él en la ópera. Él era el que había dado el supuesto do de pecho y había robado las joyas: el mismo que se había mostrado tan enfadado en el Hotel Lucero, amenazando con ponerle una demanda al concejal.

Se oyó una segunda voz:

—Iré a ver qué pasa.

Un pollo fortachón de espalda cuadrada y aspecto bruto recorrió el pasillo hacia la antesala.

—¡El conductor del camión del vestuario! ¡El Espalda Cuadrada! ¿Estás pensando lo que yo, Matías?

—Afirmativo. Al cruzar el arco —respondió Matías.

Cuando el grandullón cruzó el arco, Cloti salió a su encuentro.

—Hola. Estoy aquí. Piripipipí —se burló.

El Espalda Cuadrada hizo ademán de abalanzarse sobre ella, pero Matías salió de detrás del arco y le atizó con la linterna dejándolo K.O. Y lo mismo ocurrió con el segundo grandullón. Después entraron en la habitación de la luz.

El ladrón impostor, que se había hecho pasar por Paparini, cenaba tranquilamente en una mesa llena de apetitosos platos de cremas y granos.

—Buenas noches –saludó Cloti.

Estaba tranquila. Una llamada hecha a la policía local antes de entrar en aquella habitación, había sido suficiente para sentirse tranquila y atrapar a la banda de ladrones de joyas.

—¡Ehhh! –exclamó el impostor sorprendido– Vaya, a quién tenemos aquí –dijo fanfarrón.

Sin el bigote ni el tupé que imitaba a Paparini era mucho más joven.

Una señorita muy mona entró en la habitación.

—¡La secretaria! –exclamaron Cloti y Matías al mismo tiempo.

—Esto…

—No me interrumpas, Mari Pili –la cortó el impostor.

—Esto, es que tengo que decirle…

—Que no me interrumpas, Mari Pili —volvió a cortarla el impostor.

—Lo siento —dijo la secretaria—. La policía acaba de llegar, es lo que tenía que decirle.

—¡Qué requetechuliguay! —exclamó Cloti.

Los polis locales habían sido tan rápidos como ella calculaba.

Magistralis había muerto, en efecto, y uno de sus herederos, un sobrino, había heredado el café Katiuska. Y no solo el café. Era un excelente hipnotizador: también había heredado ese don.

Los espectáculos de hipnosis habían decaído mucho y el sobrino, lejos de seguir los pasos de su tío, decidió hacerse con dinero rápido, utilizando su don para desplumar de joyas a todo el que se le pusiera por delante.

Formaban la banda él, los espaldas cuadradas, y Mari Pili, la secretaria. El impostor estudió a Paparini, su manera de hablar, sus tics. Lo suplantó, haciendo creer incluso a la compañía operística que era el propio cantante, y pensó dar el golpe del siglo imitando al cantante durante toda la temporada de ópera.

En el teatro, no solo hipnotizaron al público, también a la compañía de cantantes, incluidos los músicos.

Cuando la flauta salió al escenario, sonó música grabada, la que convenía para la hipnosis. El do de pecho de Paparini también era grabado, todos se quedaron dormidos, y robaron las joyas. ¿Quién sospecharía del cantante de ópera?

—¡Si Magistralis levantara la cabeza! –exclamó el concejal de Cultura tras escuchar las explicaciones de Cloti–. Recuerdo que una vez lo vi actuar; salía a escena con capa negra y sombrero….; era un excelente mago hipnotizador.

—Ahora comprendo por qué a los ladrones no les importó dejar una pista en la sala de butacas, el rastro de bisutería –comentó Matías–. Se sentían muy seguros.

¡Quién sospecharía del gran Paparini! Habían dado varios golpes con el sistema de suplantar a alguien importante, y nunca los habían descubierto. Por suerte, todos han sido detenidos y han confesado. Imposible no hacerlo. Los hemos pillado con las manos en la masa, Paparini y el señor Lucas estaban prisioneros en el café.

—¿Y las joyas? –preguntó el concejal–. ¿Las hemos recuperado?

—Pues… ¡vamos! ¡Rápido! ¡Al teatro! –exclamó Cloti–. ¡Hay algo que tiene que ver!

Corrieron al teatro y, una vez junto al señor Lucas, Cloti tosió para aclararse la garganta. El portero del teatro debía oír bien las palabras que estaba a punto de pronunciar.

—"Cati busca" –pronunció.

Como si le hubieran dado a un resorte, el señor Lucas se puso tieso, extendió los brazos y, con los ojos cerrados, entró como un autómata en el cuarto de las llaves, abrió el candado del armario empotrado, y sacó una bolsa llena de joyas.

—"Cati busca" –volvió a pronunciar Cloti.

Y el señor Lucas abrió los ojos sin recordar nada de lo sucedido.

El asunto tenía su explicación.

Los ladrones proyectaban sacar las joyas de Villa Cornelia la misma noche del robo, pero la nevada fue mayor de lo esperado; los vuelos se anularon, las carreteras quedaron cortadas, y nadie pudo salir con las joyas robadas.

Se vieron obligados a llevárselas con ellos al Hotel Lucero y a poner en marcha un plan B, que consistía en hipnotizar a alguien ajeno a todos ellos y darle instrucciones.

El elegido fue el señor Lucas, único empleado que quedaba en el teatro cuanto todo acabó. Lo hipnotizaron y le dieron las instrucciones pertinentes. Si recibía el mensaje "Cati busca", se presentaría en el hotel Lucero, recogería la bolsa con las joyas y las llevaría al café Katiuska en Villa Magnolia.

El sonido "Cati busca" le haría recordar que el lugar donde debía llevar el botín era el café Katiuska. Así, si el mensaje caía en manos de alguien, nadie adivinaría que se referían al café...

Nadie, excepto la superdetective y su ayudante, claro.

Si los ladrones lo necesitaban, pondrían en marcha el segundo plan.

—Y lo necesitaron —continuó explicando lo sucedido Cloti—. Nosotros investigábamos y, sin saberlo del todo, le pisábamos los talones. Cuando estábamos en el hotel, la secretaria le dijo a Paparini que "todo estaba en orden". En realidad, lo que le transmitió fue que las joyas estaban a salvo: ella misma se las acababa de entregar al señor Lucas, que las llevaría al café Katiuska. Todos han confesado.

En efecto, todos habían confesado. Ahora los ladrones tendrían que responder de sus acciones ante el juez, quien les impondría el correspondiente castigo.

—Hay algo que no comprendo. Si las instrucciones eran llevar las joyas al café Katiuska, ¿cómo se encuentran aquí? –preguntó el concejal.

—Nosotros las hemos traído –respondió Cloti–. Queríamos mostrarle cómo ocurrieron los hechos. La hipnosis no es para tomársela a broma. Cada vez que el señor Lucas escuche o vea escritas las palabras: "Cati busca" hará algo extraño, hasta que un hipnotizador desprograme su mente.

Al oír de nuevo las palabras "Cati busca", el señor Lucas extendió los brazos y salió del teatro con los ojos cerrados, caminando como un autómata.

—¡Señor Lucas! ¡Eh, pare! ¡Deténgase! ¿Adónde va? ¡El semáforo está en rojo!

¡Catapún! ¡Cras! ¡Catacrás!

Por suerte, al viejecito no le ocurrió nada. Quedó atrapado entre un montón de vehículos que habían chocado entre sí, inevitablemente, para no dejarlo hecho papilla de bebé.

Su mente estaba realmente programada. La hipnosis no era para tomársela a broma. No. La hipnosis no era ninguna tontería.

Pronunciar nuevamente las dos palabras mágicas devolvió al señor Lucas a la realidad. Cloti y Matías buscarían a un hipnotizador que liberara su mente inmediatamente.

Después descansarían.

* * *